AF762467

Supriyanti, dkk

HARMONI KEMERDEKAAN

Elegi dan Panggilan dari Jiwa yang Bebas

KUMPULAN PUISI

PIMEDIA

Harmoni Kemerdekaan (Elegi dan Panggilan dari Jiwa yang Bebas)
Supriyanti, S.Pd., dkk
Copyright © Masing-masing penulis

Penyunting: Supriyanti, S.Pd
Desain Sampul & Tata Letak: Tim Pimedia

Diterbitkan oleh PIMEDIA Bandung
Cetakan pertama 2023
96 hal. (x+86)

Hak cipta dilindungi undang-undang. Dilarang memperbanyak atau memindahkan sebagian atau seluruh isi buku ini ke dalam bentuk apapun, baik secara elektronik maupun mekanik, termasuk memfotokopi, rekaman, dan lain-lain tanpa izin tertulis dari penerbit.

Dicetak oleh PIMEDIA Bandung.

HARMONI KEMERDEKAAN

Elegi dan Panggilan dari Jiwa yang Bebas

**Supriyanti, S.Pd., Dewi Novita Sari Lubis,
Indra Subiantoro, Rahmat Pandu Dwinata, Lutfiyani,
Enggar Dhian P., Siti Nur Khasanah,
Dina Ligar Wirana, Liviana Putri Tanjung, Sugianik, S.Pd.,
Sulasmi, S.Pd.I., Raditya Putra Rineksa,
Mima Rahyudi, Petrus Lei Laru, S.Pd., Nurhasanah, Aliyatul
Rochma, S.Pd.I., Hafidhotul Zunairoh, Wisnawati, Iswanto
Ahmad, Arini Kookatsuna,
Al Hafiz Bhonapartedy Cruizh Lesmana,
Nova Vera Susanti, Volvariella, Serena L,
Haryadi, S.Sos.I., S.Pd., Niken Habsari**

Prakata Penulis

Bismillahirrahmanirrahim,

Alhamdulillah, segala puji dan syukur kami panjatkan kepada Tuhan Yang Maha Esa karena berkat rahmat dan hidayah-Nya, kami dapat menyelesaikan buku kumpulan puisi yang berjudul **"Harmoni Kemerdekaan: Elegi dan Panggilan dari Jiwa yang Bebas".**

Kemerdekaan adalah salah satu nilai paling suci yang dimiliki manusia. Ini adalah impian yang disuarakan oleh generasi-generasi sebelum kita, yang berjuang dengan gigih untuk membebaskan jiwa dari belenggu tirani dan penindasan. Melalui kata-kata puisi, kita dapat merayakan makna kemerdekaan dalam berbagai dimensi, dari yang politis hingga yang paling dalam dari batin kita.

Buku **"Harmoni Kemerdekaan: Elegi dan Panggilan dari Jiwa yang Bebas"** menghadirkan karya-karya yang mencerahkan makna harmoni kemerdekaan. Ini adalah kumpulan kata-kata yang tumbuh dan berkembang dari perasaan jiwa yang bebas, merentang dari refleksi tentang perjuangan untuk meraih kemerdekaan hingga ekspresi dari kebebasan spiritual.

Dalam setiap bait, kita akan menemukan nada elegi yang mengingatkan kita akan pengorbanan yang diperlukan untuk mencapai kemerdekaan serta panggilan yang mendorong kita untuk memelihara kemerdekaan ini dengan penuh rasa syukur dan tanggung jawab.

Kami mengundang para pembaca sekalian untuk merenungkan, merasakan, dan merayakan perjalanan menuju kemerdekaan dalam kata-kata yang indah ini. Semoga buku **"Harmoni Kemerdekaan: Elegi dan Panggilan dari Jiwa yang Bebas"** ini membantu kita menemukan harmoni dalam arti yang mendalam dari kemerdekaan, dan memberikan penghormatan kepada semua yang telah dan terus berjuang untuk menjaganya.

Tiada gading yang tak retak. Kami menyadari buku ini masih jauh dari kata sempurna. Kritik dan saran, dengan senang hati kami terima. Selamat menikmati perjalanan melalui kumpulan puisi **"Harmoni Kemerdekaan: Elegi dan Panggilan dari Jiwa yang Bebas."** Terima kasih untuk setiap pembaca, semoga Allah Swt. selalu memberkahi kita. Aamiin.

Salam literasi

Palembang, September 2023

Penulis

Daftar Isi

"Setiap kata yang kamu tulis adalah langkah menuju pencapaian. Dalam setiap paragraf, kamu memiliki kekuatan untuk menciptakan dunia yang baru, mengungkapkan ide-ide yang brilian, dan memengaruhi hati setiap orang. Jangan biarkan ketakutan atau keragu-raguan menghentikanmu! Teruslah menulis dengan gairah dan percayalah pada kekuatan kata-katamu."

Indonesia Terus Berjaya

SUPRIYANTI, S.PD.

Di bawah langit merdeka kita berdiri teguh
Bersatu padu, beranikan diri, tak tergoyahkan
Bendera merah putih berkibar dengan gagah
Kemerdekaan kita, harta paling berharga

Pahlawan-pahlawan dulu berjuang dengan gigih
Tumpahkan darah dan air mata, demi cita-cita
Di tanah air tercinta, suara merdeka bergema
Menginspirasi generasi, jangan sampai pudar

Memori zaman penjajahan terus dikenang
Sebagai pelajaran berharga, takkan pernah luntur
Kita rayakan setiap tahun dengan rasa syukur
Kemerdekaan yang diraih dengan pengorbanan besar

Dari Sabang sampai Merauke, Indonesia bersatu
Beragam budaya, satu bangsa, persatuan yang suci
Majulah negeriku, teruslah berkembang dan sejahtera
Kita warga bangsa ini, penerus cita-cita para pahlawan

Merah putih berkibar, lambang kebebasan abadi
Kita jaga dengan cinta, menjaga keutuhan negara
Kemerdekaan, ladang impian, tumbuh subur
Di bawah sinar matahari, Indonesia terus berjaya

Sumatra Utara, 20 Juli 2023

Indonesia Negeri Berjuta Warna

Supriyanti, S.Pd.

Indonesia, negeri berjuta warna
Merdeka dari belenggu, penuh dengan cinta
Dulu terjajah, kini berdiri teguh
Kemerdekaan, berkat perjuangan yang luhur

Bendera merah putih berkibar dengan megah
Di angkasa tinggi, lambang kebesaran bangsa
Pahlawan-pahlawan berjuang tanpa kenal lelah
Mengukir sejarah, membangun masa depan gemilang

Dari Aceh hingga Papua, berjajar pulau-pulau
Keragaman budaya, kekayaan alam tak terhitung
Indonesiaku, tanah tumpah darahku
Bersatu kita maju, tak pernah mundur selangkah

Bahasa ibu, bahasa persatuan
Mempererat kita semua, satu bangsa yang besar
Kita wujudkan cita-cita para pendahulu
Merdeka abadi, sejahtera di bawah bulan dan bintang

Generasi muda, tanggung amanah ini

Bentengin korupsi, rasisme, dan kesenjangan

Indonesiaku, indah negeriku yang kucinta

Kemerdekaan hadir, dalam kebersamaan kita

Sumatra Utara, 20 Juli 2023

Supriyanti, S.Pd. merupakan ibu dari dua orang putra dan satu orang putri. Pernah menimba ilmu di Fakultas Keguruan dan Ilmu Pendidikan, Jurusan Pendidikan Bahasa dan Seni, Program Studi Pendidikan Bahasa dan Sastra Indonesia dan Daerah, Universitas Sriwijaya (Unsri) Inderalaya Sumatra Selatan tahun 2005—2009.

Buku-buku yang telah diterbitkannya, yaitu "Cahaya Pagi Pelengkap Kisahku", "Aksara Hati Mazaya", "Cinta Sang Dokter Tampan", "Pijar-Pijar Kehidupan", dan puluhan buku antologi bersama.

Dengan menulis ia dapat berbagi kebaikan, berbagi semangat, dan dapat seolah berbicara tanpa bertatap muka. Pun saling menguatkan, walaupun tak berdampingan. Ia bisa disapa melalui akun FB: Supriyanti Umar. Nomor HP aktif 0822-7737-8965.

Sebuah Tujuan Kemanusiaan

DEWI NOVITA SARI LUBIS

Menjunjung tinggi kisah proklamator
Ribuan tangis para anak jalanan mengharap sedikit belas kasihan
Bertanya-tanya di mana orang tua?
Di mana kasih sayang?

Di mana sebuah kemerdekaan?
Hidup yang seakan bertolak belakang dengan kenyataan
Menjadikan diri bagai sosok yang tiada arti bagi jutaan manusia yang hidup di dunia ini
Para proklamator dunia telah tiada

Para pahlawan pun telah gugur
Kini keadilan bagi rakyat sosial seakan menjadi tabu
Menjadi gerbang sebuah kemunafikan
Melupakan arti sebuah keikhlasan

Memberi dengan mencerminkan segala rasa yang mungkin menjadikan itu sebagai rasa keibaan
Namun terlupa dari tujuan yang sedang ia korbankan
Lalu, itukah yang kausebut sebuah merdeka?

Mana kemerdekaan yang kausebut merdeka?

Merdeka ... ?? Merdeka ... ?? Haha ...
Ataukah hanya sebuah teriakan
yang meraung di seluruh penjuru dunia
Namun, tak kaulihat adakah benar yang kausebut dengan
kata kemerdekaan
Dan seolah terlupakan dengan sebuah tujuan kemanusiaan

Singapura, 23 Juli 2023

Meneriakkan Suara Kemerdekaan

Dewi Novita Sari Lubis

Terdengar suara gemuruh api yang habis melalap gubuk-gubuk rakyat
Tangisan bergema di seluruh penjuru kota
Kehancuran di mana-mana
Ledakan bom dan gas air mata
Memenuhi seluruh isi ibu kota

Kehancuran itu bagai mimpi
Namun, kini itulah kenyataan-Nya
Kemerdekaanku terenggut di balik dasi-dasi "Para pejabat yang diagungkan rakyat"
Suara tikus-tikus nakal bersandar
Menikmati segelas anggur

Mereka lupa rakyatnya sedang hancur
Hancur, hancur dan hancur
"Meneriakkan suara kemerdekaan" bagi bangsa sendiri
Seakan ujung tombak sebuah harapan yang sangat terjal

Singapura, 24 Agustus 2023

DEWI NOVITA SARI LUBIS. Wanita kelahiran Batam 1993 adalah pekerja migran Indonesia di Singapura. Seorang *single parent* dan memiliki seorang putri. Saat ini ia aktif dalam berbagai *event* kepenulisan dan salah satu karyanya sempat meraih juara 2 di salah satu media publisher. Hobinya antara lain menulis dan hiking. Ia juga sedang melanjutkan pendidikan "PKBM P3K SI" di Singapura.

Darah Pahlawanku

Indra Subiantoro

Darah pahlawanku di mana-mana selalu ada
Seperti air mengalir dan baunya amis, bukan seperti parfum
Seandainya aku bisa mengumpulkan darah mereka
Bahagia sekali dan akan kusimpan serta kukenang

Setiap kakiku melangkah, mengapa aku melihat darah?
Sampai hati ini bertanya harus sampai kapan?
Aku tak kuasa melihat dan ingin muntah

Ketika aku sadar, kurenungi dan kuratapi
Sambil melihat tetesan darah di setiap jalannya
Aku bertanya, aku ingin darah ini berhenti
Aku tak kuasa menahan dan menangis
Ketika melihat dan menyaksikan sendiri
Pahlawanku ...
Biarkan kami melanjutkan perjuanganmu sampai mati

Jawa Timur, 26 Juli 2023

Pahlawan

INDRA SUBIANTORO

Pahlawan ...
Kau berjuang tak mengenal lelah
Tak peduli waktu
Sampai air mataku menetes

Pahlawan ...
Kau tinggalkan semuanya
Lihatlah darahmu di medan perang
Menjadi saksi bisu untuk anak cucumu

Pahlawan ...
Aku malu perjuanganmu disia-siakan
Seandainya aku lahir waktu ini
Ingin meneruskan perjuanganmu

Pahlawan ...
Sekarang kau tidur dengan tenang
Biarlah aku meneruskan
'45 ... bukanlah angka biasa
Ia angka keramat
Hanya Sang Ilahi, semua insan tidak paham
Penuh perjuangan, tenaga dan waktu
Bukan satu hari, tapi ribuan tahun untuk merdeka

Jawa Timur, 26 Juli 2023

Indra Subiantoro. Kelahiran Probolinggo, sebuah kota yang terkenal dengan mangga dan anggur. Dari lima bersaudara, ia adalah anak bungsu. Saat ini ia telah bekerja. Walaupun tidak sesuai dengan kebutuhan sehari-hari, tetapi ia tetap bersemangat.

Kini ia mulai belajar mengikuti kegiatan kepenulisan. Baginya menulis adalah cara yang luar biasa untuk mengungkapkan pikiran, perasaan, dan pengalaman pribadi. Ia bisa menyampaikan ide-idenya dengan cara yang unik dan pribadi. Melalui tulisan, ia dapat berbagi cerita hidup atau pengetahuan yang mungkin bermanfaat atau menginspirasi orang lain. Semangat! Salam literasi.

Selamat Ulang Tahun Indonesia

Rahmat Pandu Dwinata

Selamat ulang tahun Indonesia ...
Sudah banyak cerita di Indonesia
Sudah banyak suku dan bahasa di Indonesia
Sudah banyak anak bangsa yang membanggakan Indonesia

Selamat ulang tahun Indonesia ...
Sudah banyak perjuangan di Indonesia
Sudah banyak prestasi anak bangsa Indonesia
Sudah banyak pahlawan yang telah gugur untuk
mempertahankan kemerdekaan

Selamat ulang tahun Indonesia ...
Dari Sabang sampai Merauke menghormatimu
Dari polisi, TNI, dan lain-lain pun menghormatimu
Dari yang muda dan yang tua, rakyat Indonesia
menghormatimu

Selamat ulang tahun Indonesia ...
Sudah banyak sekali pembangunan
Sudah banyak sekali Alusista yang dibuat anak bangsa
Sudah banyak sekali persenjataan yang dibuat anak bangsa

Selamat ulang tahun Indonesia ...

Selamat ulang tahun bangsaku

Selamat ulang tahun ibu pertiwiku

Semoga di hari jadimu ini, Indonesia semakin jaya dan makmur

Prabumulih, 25 Juli 2023

Curahan Hati Anak Bangsa

RAHMAT PANDU DWINATA

Selamat ulang tahun negaraku tercinta
Sudah banyak sejarah yang telah engkau lalui
Baik pahitnya pengkhianatan PKI dan manisnya kemerdekaan
Dan banyak para pahlawan yang gugur demi kemerdekaan

Selamat ulang tahun negaraku tercinta
Sudah tujuh puluh delapan tahun engkau merdeka
Sudah banyak sekali kisah yang ada selama ini
Dan sudah banyak sekali suku daerah dari Sabang sampai Merauke

Selamat ulang tahun negaraku tercinta
Maafkan aku belum bisa mengharumkan namamu karena secara fisik kita belum merdeka
Bukannya aku tidak mau mengharumkan namamu karena masih terbelenggu di negaraku
Tetapi aku tidak bisa mengharumkan namamu negeri tercintaku

Selamat ulang tahun negaraku tercinta
Aku berharap engkau menjadi negara yang maju terdepan
Aku berharap engkau menjadi Macan Asia yang bangun dari tidurnya
Selamat ulang tahun Indonesiaku yang ke tujuh puluh delapan tahun semoga engkau jaya selalu

Selamat ulang tahun negeriku tercinta
Sudah banyak sekali prestasi yang telah diraih oleh putra-putri terbaikmu
Harapanku semoga engkau bisa menjadi negara yang paling disegani oleh negara lain
Harapanku juga semoga engkau menjadi negara yang besar dan bangkit dari tidurmu, yang selama ini tertidur pulas

Prabumulih, 17 Juli 2023

Namanya **Rahmat Pandu Dwinata**. Ia lahir di Prabumulih, 28 Juni 1995 tepatnya 28 tahun yang lalu. Sekarang ia bekerja di salah satu SMA di Kota Prabumulih. Statusnya sudah menikah.

Ia lahir dari pasangan Alm. H. AKP. Edy Sudarto, S.H. dan Ibu Hj. Dra. Sunarti, M.Si. dan memiliki satu adik yang bernama Panji Triatmaja. Nama istrinya adalah Juwita Mandasari, S.E.

Darah Sang Pejuang

LUTFIYANI

Ia berlari menuju medan pertempuran
Nyawanya nyaris lenyap dalam sekejap
Para pemberontak meluncurkan senjata api ke arahnya
Pejuang-pejuang itu berhamburan sembunyi di balik tanah
yang digali oleh keringat

Hentakkan senjata!
Hentakkan senjata!
Merdeka!
Merdeka!

Napas memburu setiap kali peluru mendarat di atas tanah
perlindungan
Yang Maha Kuasa, aku bersaksi di atas tanah kebangsaan
Seuntai kalimat yang ia ucapkan
Tiada rintihan doa yang dapat terkabulkan, selain
mengharap perlindungan-Nya

Allahu Akbar!
Mereka mulai berhamburan merayap menuju kandang
lawan
Saat matahari mulai terbenam
Darah bercucuran bercampur air mata
Ranah hukum menghantui pikirannya

Para pejuang berkorban demi kemerdekaan bangsa

Yang merdeka berdaulat adil dan makmur
Maka penjajahan di atas dunia harus dihapuskan
Dalam cuplikan Undang-Undang Dasar Republik Indonesia

Naas, nyawa lenyap di genggaman tangan lawan
Para pejuang nyaris mati di atas tanah kebangsaan
Doa dan harapan ibu gundah dari ruang berdinding kayu
alam
Air matanya menetes hingga menusuk relung jiwanya

Temanggung, 2 Agustus 2023

Berkibarlah di Bawah Mentari

Lutfiyani

Di bawah mentari yang terik
Bangsa berjuang dengan tekad yang kuat
Merdeka, teriak mereka dengan semangat yang
menggencarkan semesta
Hingga tanah air terbebas dari penjajah yang kejam

Pertumpahan darah dan air mata yang tulus
Dalam hati rakyat terpatri, semangat yang murni
Mereka tak kenal lelah, tak gentar oleh ketakutan
Hanya untuk meraih kemerdekaan, harga yang mulia

Dengan semangat penuh, bendera berkibar tinggi
Merah putih berdentang, lambang perjuangan yang sejati
Bersatu kita berdiri, melawan penindasan
Menuju hari merdeka, yang abadi dalam sejarah

Kini kemerdekaan telah kita raih dengan susah payah
Marilah kita jaga, lestarikan, dan cintai selalu
Kita adalah penerus perjuangan yang mulia
Bersatu dalam kebanggaan, Indonesia yang merdeka

Temanggung, 1 September 2023

Nama: Lutfiyani
Tempat/Tanggal Lahir: Temanggung, 26 Februari 2000
Alamat: Kedu, Temanggung, Jawa tengah
Pendidikan: SDN 1 tepusen, Mts M2 Montessori, PKBM Peduli Ilmu Kaloran.
Profesi: Penggiat Literasi
Pengalaman Kerja: Cleaning servis, Asisten Rumah tangga
Hobi: Berkarya seni, sastra, kerajinan, dll.
Prestasi: Juara Harapan 1 Asqa Book Award Asqa Imagination School, Juara Umum Lomba Puisi Kemerdekaan nasional, dll.
Kontak: yanilutfi636@gmail.com//085878570710

Fajar 17 Agustus Kesekian Kali

Enggar Dhian P.

Datang lagi,
Fajar 17 Agustus kesekian kali
Cerita yang berbeda selalu datang bertubi
Kali ini tentang apa lagi?

Masih adakah pasukan tak bergenderang berpalu?
Yang kata Chairil sekali berarti sudah itu mati?
Masih adakah semboyan Taufik Ismail,
"karena berhenti atau mundur berarti hancur"?

Aku tahu engkau Indonesia
Dan, aku adalah kepunyaanmu
Maka, dengan lantang kuucapkan
Merdeka, merdeka, merdeka

Kali ini, rasanya berdebat tentang polemik politik
Atau berkeras argumen tentang pernak pernik pemilu
bukanlah penggembira hati
Sejenak saja aku ingin menepi, menghirup euforia bahagia
Setidaknya di tanah ini kita telah mampu melahap nasi
hangat setiap pagi

Semoga 17 Agustus kali ini benar kata Sapardi, bahwa:
"dalam kelam kulihat wajah kebangsaanku,
makin bercahaya makin bercahaya, dan fajar mulai kemerahan".

Semarang, 7 Agustus 2023

Merdeka, Lalu Apa?

Enggar Dhian P.

Menurutmu, apa itu merdeka?
Serupa camar terbang bebas kala senja?
Atau, menghirup dalam udara malam?
Mungkin, menari tanpa henti?

Aku serupa tanah,
Yang tak dapat membedakan derap dan langkah siapa
Tapi aku mampu menerka hara atau lara yang terjatuh
Batu dan kerikil yang terserak dan menderak

Kita, masing-masing adalah ambisi
Namun negeri adalah harga mati
Bagaimana tidak, jika hidup dan mati kita ada di sini

Barangkali, ada saatnya kita mendesah sejenak,
Membuang memori tentang udara ibukota yang pengap
Menggantinya dengan memori aroma air yang mengalir di kali perbukitan

Barangkali, kelapangan hati kita
Adalah benih-benih kemerdekaan yang sesungguhnya
Menyemai sari-sari bunga kemuliaan yang mewangi pada putik-putik mengembang
Selamat pagi, Indonesia, dengan jiwa lapang kuucapkan harum namamu

Semarang, 8 Agustus 2023

Enggar Dhian P. Lahir di Kendal, 2 Oktober 1987. Kini bekerja sebagai Dosen Bahasa dan Sastra Indonesia di Universitas Semarang. Aktif meneliti, mengisi seminar & workshop kepenulisan, literasi, sastra, dan jurnalistik. Sesekali menjadi editor untuk naskah fiksi dan nonfiksi. Selain buku ber-ISBN dan jurnal ber-ISSN yang diterbitkan, karya-karyanya dimuat di beberapa media massa. Sempat menjadi wartawan Kompas Group di tahun 2010-2012. Pernah menjadi penulis skenario FTV di Screenplay Production SCTV tahun 2013-2014. Tinggal di Semarang. Dapat dijumpai di akun Instagram @enggar_dhian.

Sang Pahlawan Tangguh

Siti Nur Khasanah

Engkaulah pahlawan yang tangguh
Menjadikan Indonesia merdeka karenamu
Pahlawanku ... engkaulah sebagai pelitaku
Dengan tekadmu Indonesia bersatu

Bagiku engkaulah semangatku
Yang tak pernah lelah dengan tugasmu
Pahlawanku ...
Dengan bercucuran darah semangatmu tak berhenti berjuang

Pahlawanku ...
Aku yang tak bisa menyaksikan perjuanganmu
Dengan semangat engkau membela Indonesia
Pahlawanku dengan jasamu Indonesia merdeka

Pahlawanku ... dengan teguh pendirianmu
Menjaga Indonesia dengan keberanianmu
Kau adalah contoh bagi Indonesia
Yang tak pernah terlupakan

Cilacap, 8 Agustus 2023

Siti Nur Khasanah lahir di Kota Cilacap, Jawa Tengah, merupakan ibu dari dua orang anak laki-laki. Dengan tamatan SMK Banyumas, ia pernah mengajar sekolah PAUD di daerahnya pada tahun 2020. Pada tahun 2021 ia *resign* dikarenakan ingin mencari berbagai pengalaman.

Saat ini ia ingin menjadi penulis untuk bisa menciptakan karya dan menambah wawasan yang lebih luas. Ia bisa disapa melalui FB: Nur khasanah. Email: nurkhasanah8276@gmail.com. Nomor HP aktif 0812-1582-3276.

Janji Kemerekaan

Dina Ligar Wirana

Sinar matahari yang menjulang tinggi
Menerpa selembar kain merah putih bukti perjuangan
Berkibar dengan gagah dan berani bersama pagi
Berkobar semangat kemerdekaan dari para pahlawan

Benarkah merdeka itu ada?
Di tengah impitan dan desakan kebutuhan
Di antara ratusan nyawa yang mendambakan kedamaian
Di dalam setiap sikap dan perbuatan kita yang ditinggalkan

Benarkah semangat juang sudah diturunkan?
Mendobrak batas yang menghalangi gerak
Menabrak aturan yang menyesatkan pikiran
Melawan kezaliman yang tak bisa dicerna dengan baik oleh otak

Diam sejenak
Tanyakan pada diri sendiri tentang makna merdeka yang diinginkan
Apakah kita sudah bisa merasakan?
Atau hanya dilibatkan sementara, lalu diacuhkan

Wahai penguasa dunia dan semua gemerlapnya kehidupan
Merdekakan kami dari kebodohan
Bebaskan kami dari kelaparan
Tenangkan kami dengan aksi, bukan hanya dengan secuil
janji tentang terciptanya keindahan nanti saat
kepemimpinan bisa kaurengkuh dalam dekapan

Padang, 3 Agustus 2023

Perjuangan Tanpa Akhir

DINA LIGAR WIRANA

Lolongan malam dari manusia-manusia yang kelaparan
Terlihat tak mengganggu senyap dan damainya lelap para pemegang tampuk kepemimpinan
Kemudian berubah menjadi hening bergelung mimpi
Pemilik lolongan tertidur membawa perut kosong menjemput impian

Tidakkah itu terlihat sangat menyedihkan?
Di tengah kebahagiaan yang dulu kalian janjikan
Di antara periode janji-janji manis untuk dituntaskan
Namun akhirnya pahit yang kalian berikan

Dulu ... pahlawan berjuang untuk kemerdekaan negara ini
Membebaskan kita dari penjajahan
Melawan semua aturan yang memiskinkan
Bertaruh nyawa demi anak cucu yang akan ditinggalkan

Sekarang ... anak cucu pahlawan masih tetap harus berjuang
Berjuang melawan kaparan
Berteriak melawan penindasan
Membebaskan diri masing-masing melalui setiap periode jabatan

Berjuanglah terus saudara sebangsa dan setanah air
Karena merdeka itu sudah tercemar
oleh gengsi dan kebutuhan

Berjuanglah terus demi lelap dalam rasa kenyang
Karena yang mereka janjikan dulu, sudah mereka lupakan

Padang, 13 Agustus 2023

Penulis bernama lengkap **Dina Ligar Wirana** ini lahir dari seorang ibu yang berdarah Batak bermarga Siregar dan ayahnya berdarah Banten, Jawa Barat, telah menjadikan penulis memiliki suku Sunda. Menulis adalah hobinya. Ia mulai menulis sejak mengenal membaca dan menulis. Beliau suka sekali mengisi lembaran akhir di semua buku pelajaran dengan tulisan-tulisan receh, yang kemudian berubah menjadi kata-kata motivasi, puisi sampai cerpen dengan berjalannya waktu. Sejak tiga tahun yang lalu, penulis memberanikan diri untuk menjadi penulis novel lepas di beberapa *platform* seperti Noveltoon, Joylada, KBM dan hingga sekarang masih aktif adalah di *platform on line* Fizzo.

Saat ini penulis bekerja sebagai Guru Bahasa Inggris di SMP Negeri 32 Padang. Ia baru diangkat menjadi ASN pada tahun 2014 lalu, setelah malang melintang menjadi guru honorer sejak tahun 2005. Sebelumnya ia juga pernah menjadi guru di SD Negeri 11 Air Camar, SD Negeri 20 Air Camar, SMK Negeri 1 Padang, dan SMK Kosgoro. Semuanya adalah sekolah-sekolah yang berada di Kota Padang, Sumatra Barat.

Senja di Vredeburg

Liviana Putri Tanjung

Senja menghadirkan temaram
Sebelum bertakhtanya malam
Vredeburg menjadi saksi jeritan pilu
Ketika banyak manusia menjadi bisu

Di depan benteng yang menjadi saksi sejarah
Aku berteriak, aku marah
Aku mengaduh, aku menjerit keras
Membayangkan wajah penjajah yang tersenyum puas

Vredeburg yang tinggi menjulang
Berpondasikan tetes darah pejuang
Mengorbankan rasa dan asa
Di atas kemunafikan sang penguasa

Di depan Benteng Vredeburg, Yogyakarta, 16 Agustus 2023

Bendera Merah Putih

LIVIANA PUTRI TANJUNG

Bendera merah putih
Bendera identitas negeriku
Bendera bukti perjuangan pahlawanku
Membentang luas di langit biru

Bendera merah putih
Tertiup angin kemudian menari-nari
Bergerak-gerak seakan bernyanyi
Atas keadaan negeri ini

Merahmu simbol berani
Putihmu berarti suci
Seakan-akan berjanji
Untuk kesejahteraan bangsa ini

Depan Benteng Vredeburg Yogyakarta, 16 Agustus 2023

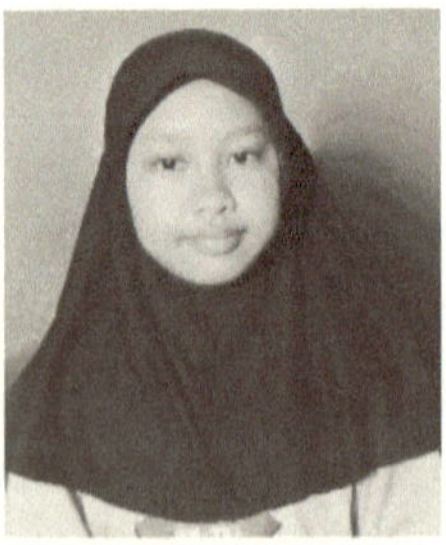

Namanya Liviana Putri Tanjung. Ia adalah gadis kelahiran 15 Januari 2011. Livi baru saja menamatkan pendidikan di SD Jetisharjo, kemudian melanjutkan di SMPN 3 Sleman. Hobinya membaca sejak kecil. Cita-citanya ingin menjadi pengusaha sukses.

Guru adalah Pahlawan Perangi Kebodohan

Sugianik, S.Pd.

Guru bagaikan sang matahari
Jauh di nabastala
Cahayanya mampu menembus cakrawala dunia
Terangi di setiap gelap gulita

Engkau mampu hadapi segala perbedaan
Akan kemampuan dan keterbatasan anak bangsa
Ketulusan dan keikhlasan
Adalah tonggak hadapi semua tantangan

Engkau pahlawan yang mampu perangi kebodohan
Engkau benteng tangguh
Hadapi segala perubahan zaman

Kegigihan dan semangat juangmu
Mencetak anak bangsa
Menjadi generasi emas nusantara
Engkau tanamkan ilmu dan akhlak mulia

Sampai masanya tiba
Generasi emas siap berkarya
Menjadikan negeri ini jaya sepanjang masa

Kediri, 21 Agustus 2023

Sebuah Janji untuk Ibu Pertiwi

SUGIANIK, S.PD.

Dalam pusaran bumi
Tertanam jasad sang pemberani
Tokoh pembela negeri
Berjuang demi terwujudnya NKRI

Kau kumandangkan pekik "Merdeka atau Mati"
Kau angkat senjata dengan gagah berani
Peluru bersarang pun kau tak peduli
Kau tetap tegap langkahkan kaki
Menghadang segala aksi

Kau adalah benteng negeri
Kau mampu singkirkan penjajah yang keji
Begitu lama rakyat dibodohi
Hingga jiwa raga melebur dan mati

Kini engkau telah kembali
Ke pangkuan Sang Illahi
Saatnya kami generasi muda negeri
Siapkan mental untuk menjadi sang pemberani

Kobarkan semangat dalam hati
Kejujuran, moral harus dijunjung tinggi

Ilmu akan menjadi senjata kami

Untuk pertahankan bumi pertiwi

Kediri, 30 Agustus 2023

Sugianik, S.Pd. lahir dan dibesarkan di Kediri. Saat ini ia berprofesi sebagai Guru di MTSS AL-HIKMAH Purwoasri Kediri. Hobinya membaca dan menulis. Motto hidupnya ialah "Belajar dan terus belajar untuk menjadi pribadi yang lebih baik."

Kemerdekaan

SULASMI, S.PD.I.

Kemerdekaan itu nikmat kebebasan
Bebas dari penindasan, bebas dari tekanan
Kita bebas berbuat keinginan yang kita harapkan
Namun itu semua harus ikuti koridor nilai Ketuhanan

Kemerdekaan itu anugerah yang terindah dari Ilahi
Untuk mengajarkan kita arti kehidupan yang begitu berarti
Namun dalam suatu kehidupan yang kita hadapi saat ini
Pasti akan ada tantangan dan rintangan yang kita lalui

Kemerdekaan suatu nilai moral yang sejati
Nilai yang melekat pada harga diri martabat negeri ini
Untuk membangun peradaban dunia yang hakiki
Peradaban yang islami dan modernisasi

Kemerdekaan itu suatu perjuangan dan pengorbanan
Dari para pahlawan yang tak kenal lelah dan bosan
Berjuang untuk meraih impian dan harapan
Berkorban demi mewujudkan cinta kedamaian,
ketenteraman, dan kenyamanan

Kemerdekaan yang makmur

Akan tercipta baldatun thayyibatun wa rabbun ghafur
Negeri yang kaya alam melimpah ruah dan subur
Mengajarkan kita menjadi insan yang
pandai bersyukur

Sumatra Utara, 17 Agustus 2023

Indonesia Merdeka

Sulasmi, S.Pd.I.

Berbagai macam ragam akan budaya bangsa
Lahirlah nilai kemerdekaan dari dalam diri ini
Untuk saling menghargai setiap perbedaan yang ada
Agar tercipta hidup yang selaras, serasi, dan harmoni

Dengan kemerdekaan membuat hidup lebih bebas tiada batas
Semangat membangun diri ini untuk belajar dan bekerja keras
Tak kenal lelah untuk meraih cita-cita
Untuk meraih masa depan yang cerah dan berwibawa

Kemerdekaan itu indah
Bila kita rajut dengan jiwa patriotisme dalam diri ini
Indonesia akan terlihat memesona
Bila kita mampu menjaga kehormatan bangsa ini

Indonesia akan selalu merdeka
Berkat semangat perjuangan para pahlawan
Indonesia akan senantiasa berjaya
Tetap berkiprah di sanubari yang indah jutawan

Sekali merdeka

Tetap merdeka

Merdeka Indonesiaku

Jayalah negeriku

Sumatra Utara, 17 Agustus 2023

Sulasmi, S.Pd.I. lahir di Kampung Dolok dan merupakan ibu dari satu orang putri. Pernah menimba ilmu di Fakultas Tarbiyah jurusan Pendidikan Agama Islam di Universitas Pembangunan Panca Budi (UNPAB) Perdagangan tahun 2010-2014.

Saat ini ia bekerja di instansi lembaga Yayasan Pendidikan Islam Terpadu Pintar, dan diamanahkan mengajar di kelas 4 sebagai guru kelas. Selain menjadi guru kelas, dia diamanahkan juga sebagai Koordinator BPI di SDIT Pintar sejak tahun 2019 hingga sekarang.

Arti Merdeka

Raditya Putra Rineksa

Negara ini memiliki sejarah yang kelam
Mendapatkan jajahan dari berbagai pihak
Banyak nyawa yang sudah tenggelam
Oleh orang-orang berhati tamak

Negara ini memang sudah merdeka sejak lama
Namun apakah perjuangan pahlawan sudah sepadan
Bahkan setelah negara ini merdeka
Ada ratusan kejadian pemberontakan

Apa benar kita sudah merdeka?
Sulit rasanya menjawab pertanyaan itu
Musuh tidak harus dari negara kita
Bahkan negara kesulitan melawan mereka

Bagaikan bencana yang melanda
Rakyat harus tegar menghadapinya
Perjuangan apa pun tidak akan sia-sia
Niscaya kemerdekaan tetap di nusantara

Purwokerto, 16 Agustus 2023

Kebebasan

RADITYA PUTRA RINEKSA

Mendapatkan kebebasan memang sulit
Semua dikorbankan walau terhimpit
Seakan mendekati maut
Berjuang dengan penuh hayat

Siapa yang tidak merasa iba melihat ini?
Semua serasa tidak berguna
Masyarakat mulai beraliansi
Demi berkibarnya bendera bangsa

Pahlwan mengabdi dengan setia
Tanpa pengorbanan yang ada
Tidak akan ada bangsa Indonesia
Cahaya tidak akan menyinari nusantara

Usaha tidak akan sia-sia jika kita tekun
Mari buat nusantara kita jaya
Teguhlah dalam melakukan kebenaran
Agar para pendiri bangga dengan penerusnya

Purwokerto, 18 Agustus 2023

Namanya **Raditya Putra Rineksa**, biasa dipanggil Radit. Lahir tanggal 29 Oktober 2006 di Kota Tembakau Temanggung. Ia memiliki hobi baca komik, main game, dan menulis puisi. Saat ini ia masih bersekolah di SMA Bruderan Purwokerto. IG: @bapak_dioooo

Pahlawan untuk Sebuah Kemerdekaan

MIMA RAHYUDI

Wahai para pahlawan pejuang kemerdekaan
Ajarkan aku tentang bagaimana memperjuangkan kemerdekaan
Ajarkan aku tentang bagaimana untuk selalu berdaulat
Ajarkan aku tentang bagaimana untuk selalu berkeadilan
Ajarkan aku tentang bagaimana menjaga kemakmuran
Agar aku dapat mempertahankan cita-citamu

Ajarkan aku bagaimana berpeluh mempertahankan kemerdekaan
Meski bukan lagi menggunakan bambu runcing
Meski bukan lagi merasakan beratnya mengangkat senjata
Meski bukan lagi menegakkan rencong ataupun belati
Agar aku menjadi anak muda yang tetap teguh meneruskan perjuangan para pahlawan

Jadikan kami menjadi pemuda yang tak gentar meski tanpa pedang
Jadikan kami pemuda kuat yang selalu berselempang semangat
Dan biarkan darahmu mengalir di setiap aliran darah tubuh kami

Menjadikan kami tetap mampu mengibarkan merah putih
Di angkasa yang diberi nama Negara Indonesia

Merdeka!!!

Temanggung, 16 Agustus 2023

17 Agustus 1945

MIMA RAHYUDI

17 Agustus 1945
Hanyalah sebuah tanggal yang selalu merah di setiap kalender, tetapi makna besar tersirat dengan sangat mendalam
Di mana ada banyak darah bercucuran untuk dapat memproklamirkan tanggal itu
Adalah hari kemerdekaan Indonesia

17 Agustus 1945
Adalah sebuah bukti kesetiaan para pahlawan
Berkorban nyawa demi berkibarnya sang merah putih di langit biru negara Indonesia
Bukti bahwa para pahlawan mampu mengusir penjajah dari bumi Indonesia yang indah

17 Agustus 1945
Menjadi penanda kehidupan baru di bumi Indonesia
Mengakhiri segala penderitaan rakyat
Kembali membangun bumi pertiwi dengan semangat juang yang tidak pernah redup apalagi padam

17 Agustus 1945
Tetaplah Berjaya dengan semangat juang para pemudanya

Mengantarkan kami putra-putri bangsa
Berdiri tegak mengibarkan merah putih
Mengharumkan nama Indonesia ke penjuru dunia

Doakan kami wahai para pejuang kemerdekaan
Putra-putri penerus perjuangan bangsamu ini
Tetap mampu mengibarkan merah putih dan
mengumandangkan Indonesia Raya
Di setiap 17 Agustus di sepanjang masa

Maju!
Tak Gentar!
Serbu!
Serang!
Terjang!
Merdeka!!

Temanggung, 16 Agustus 2023

Mima Rahyudi atau yang lebih sering disapa Mima adalah penulis dengan kelahiran Balikpapan, 22 Oktober 1982. Menulis cerpen ternyata sudah menjadi hobinya sejak masih duduk di bangku sekolah dasar. Hobi menulis cerpen yang dimilikinya ini semakin berkembang ketika dirinya masuk kuliah dan kemudian sekarang berkembang menjadi penulis novel online.

17 Agustus 1945

Peter Lei

Merah putih kembali lagi berkibar
Tanpa ragu, dan malu kami pemuda kampung menyumbang aspirasi
Gaung bergema membangun tali persaudaraan
Membangun Indonesia melaju 1945

Kami pemuda kampung bangkit berlari
Berlari mengejar mimpi- mimpi yang tertunda
Mati terkapar di bumi pertiwi tercinta
Dua puluhan tahun lamanya ditindas kejam oleh kaum berdasi

Tanpa hutang maupun hibah dari para penjajah
Nenek moyang kami membayar lunas akan perjuangan
Murni suci diwariskan oleh moyang kami
Tapi tidak diindahkan sedikit pun oleh para elite

Jantung pertiwi kami semakin menua dan bersedih
Ayo kita bangkit bersama dalam kasih
Mari membangun dan melaju Indonesiaku
Maju terus membangun negeri kita pertiwi
Merah jantungku putih tulangku

NTT, 17 Agustus 2023

Mati di Negeri Sendiri

PETER LEI

Merdeka ... merdeka ... merdeka ...
Teriakan pemuda milenial meruak menutupi mata jalan ujung kota
Sambil bernyanyi semangat riang
Mengepung bisingnya orang kota

Sudahkah kalian benar-benar merdeka?
Dari masa ke masa kami dirundung
Keadilan semakin menipis meresahkan kami
Kami ditindas tanpa memandang kasih
Rindu kami membendung luka

17 Agustus 1945 kami rindu
Rindu bebas merdeka di gubuk sendiri
Purnama sekian lama menyapa terang
Menghapus kegelapan kekuasaan semata

Demi Indonesia tercinta kami siap menguak tegas keras mengusir penguasa
Sekian lama tidur lelap terkapar
Mengambil sikap masa bodoh dimasanya
Kami tidak diam terus berjuang, menghapus tangisan dengan senyum merdeka

NTT, 20 Agustus 2023

Petrus Lei Laru, S.Pd. atau yang biasa disapa **Peter Lei** memiliki hobi membaca buku cerita dan menulis puisi. Dia juga suka bermain bola volly dan renang. Beralamat di Larantuka, Kabupaten Flores Timur, Petrus mengajar di salah satu Sekolah Menengah Atas (SMA) sebagai Guru Bahasa Inggris di Kabupaten TTS, Provinsi Nusa Tenggara Timur.

Saat ini dia juga telah menulis lebih dari 30 puisi dan pantun melalui komunitas kepenulisan. Alasannya terjun ke dunia literasi adalah menulis sebagai aktivitas yang harus dikembangkan oleh seorang pengajar, selain berbagi ilmu bahasa.

Dia juga harus bisa membuktikan bahwa melalui literasi, bahasa ibu pertiwi sendiri harus dilestarikan seutuhnya, serta dapat menguasai bahasa sendiri dengan baik. Percayalah, dunia literasi itu menarik.

Negeriku Indonesia

NURHASANAH

Merdeka!
Teriakan penuh semangat para pejuang bangsa
Mempertaruhkan nyawa untuk kemerdekaan negeri tercinta
Berjuang di medan perang melawan penjajah
Tak peduli walau tubuh bercucuran darah

Satu yang selalu berkecamuk dalam dada
Bangsa kita harus merdeka
Kita harus lepas dari belenggu penjajah
Indonesia harus merdeka

Wahai para pemuda-pemudi bangsa!
Tidakkah engkau ingat perjuangan pahlawan kita?
Jangan sia-siakan perjuangan mereka
Mari bersatu memajukan bangsa
Jangan pernah ragu untuk mencoba
Torehkan prestasi untuk negeri tercinta
Aku bangga menjadi bagian dari negeriku, Indonesia

Sumatra Utara, 26 Agustus 2023

Bersama Kita Bisa!

NURHASANAH

Kemerdekaan ...
Satu kata yang memiliki berjuta makna
Merdeka bukan hanya perihal terbebas dari penjajahan
Merdeka juga tentang bagaimana membebaskan diri dari belenggu ketakutan

Ayo bebaskan dirimu!
Bangkitlah dari keterpurukan
Buktikan pada dunia bahwa kita pasti bisa!
Tak ada yang boleh merendahkan kita
Kita adalah bangsa yang merdeka
Mari bersatu, bergandeng tangan tegakkan persatuan
Jaga kedaulatan negara
Indonesia, negeriku tercinta

Jangan mudah untuk diadu domba
Jangan mudah untuk dipecah belah
Ingatlah selalu perjuangan para pahlawan kita
Hargai setiap tetes darah mereka untuk Indonesia merdeka
Mari teruskan perjuangan mereka
Ukir prestasi untuk mengharumkan nama bangsa
Jadilah putra-putri kebanggaan Indonesia
Bersama kita pasti bisa!

Sumatra Utara, 26 Agustus 2023

Nurhasanah, lahir di Desa Marihat Bandar, Kecamatan Bandar, Kabupaten Simalungun. Ia adalah seorang ibu rumah tangga dengan satu orang putri. Ia pernah menempuh pendidikan di Madrasah Aliyah Perdagangan.

Menulis adalah hobinya. Ia menekuni dunia literasi beberapa bulan ini. Adapun karyanya antara lain antologi puisi "Ceritaku tentang Kehidupan Ini", antologi quotes "Menggenggam Rasa dalam Pena", dan antologi cerpen "Untaian Titik Kehidupan". Penulis dapat disapa lewat FB: Mikayla.

Pejuang Tangguh

Aliyatul Rochma, S.Pd.I.

Terik mentari mengelupas pori
Bergejolak rasa perih
Hamparan rasa gelisah
Menambah suasana kelam

Bambu runcing menancap tajam
Semangat juang terus berlabuh
Menggema dalam kalbu
Terasa damai dalam hati

Semilir angin terasa damai
Senja pun mulai menyapa
Alam seakan memberi tanda
Kepada para pejuang tangguh

Meski lelah dan sakit terasa
Tak tergoyahkan dengan tekad membara
Terasa tumbuh dalam hati
Kemerdekaan sejati sesungguhnya

Dengan kuasa Sang Pencipta

Gerilya begitu mudah
Renungan syukur yang terdalam
Kemenangan telah diraih

Pasuruan, 17 Agustus 2023

Ability

Aliyatul Rochma, S.Pd.I.

Daun hijau mulai menguning
Kering rapuh berguguran
Meski terkadang jenuh menerka
Tak siap menerima keadaan

Dengan semangat menggelora
Menata kembali hal yang rapuh
Ranting baru tumbuh kembali
Tunas harapan bersemi jua

Keyakinan selalu menguatkan
Mampu bangkit dan bertahan
Belenggu hitam mulai terlepas
Merasa menang dari keterpurukan

Perjuangan telah usai
Semua indah pada waktunya
Yakin bisa, yakin menang
Dengan pertolongan-Nya yang begitu dahsyat

Semangat senyum

Semangat syukur

Semangat semringah

Semangat sehat

Pasuruan, 29 Agustus 2023

Namanya **Aliyatul Rochma**. Wanita yang berusia 37 tahun ini aktif sebagai ibu rumahan dan dengan semangat, ia selalu membersamai tiap perkembangan tiga anaknya. Meskipun sibuk dengan rutinitas harian, ia tetap bersemangat mengisi waktu luang untuk menimba ilmu dalam dunia kepenulisan. Baik itu secara online maupun offline.

Ia juga aktif di beberapa kegiatan seminar dan kelas literasi untuk menambah pengetahuan dan pengalaman dalam kepenulisan. Keluarga kecilnya begitu mensupport segala aktivitas menulisnya, terutama suami dan ketiga anaknya yang menjadi inspirasi dalam menuangkan idenya melalui kegiatan menulis. Untuk bisa terhubung dengan penulis, bisa di-add akun FB/YT/IG: aliyatul rochma.

Gema Merdeka di Tanah Airku

HAFIDHOTUL ZUNAIROH

Tujuh belas Agustus hari jadimu
Tujuh puluh delapan tahun usiamu
Seluruh bangsa menyambut penuh haru
Seluruh suka cita melebur, menyatu

Merah putih berkibar di segenap penjuru
Lagu merdeka menggema di tanah airku
Setiap tahun, hari ini selalu ditunggu
Lisankan selamat HUT Indonesiaku

Aneka permainan ramaikan suasana
Seluruh rakyat berlomba jadi peserta
Hadiah bukan lagi tujuan utama
Hanya sarana persatuan semata

Puji syukur pada Sang Pencipta
Jadikan tanah air kita merdeka
Semoga Indonesia selamat sentosa
Makmur, damai sepanjang masa

Pengabuan, 29 Agustus 2023

Sudahkan Kita Bersyukur?

HAFIDHOTUL ZUNAIROH

Sudahkah kita bersyukur?
Dapat menghirup udara kebebasan
Tiada perang, tiada penjajahan
Bebas memuaskan keinginan

Sudahkah kita bersyukur?
Dapat menikmati hidup merdeka
Bebas bersikap, bebas berkata
Tiada sekat untuk berkarya

Hidup harus penuh makna
Isi hati dengan semangat membara
Hiasi hari dengan segenap asa
Agar tercapai seluruh cita

Mari bersyukur pada Maha Kuasa
Amalkan kebaikan pada sesama
Agar hidup selamat dan bermakna
Menjadi insan beradab lagi bijaksana

Perhatikan langkah agar tak tersungkur

Perbaiki tingkah, haluskan tutur

Sebelum terlambat dan semua hancur

Sudahkah kita bersyukur?

Pengabuan, 29 Agustus 2023

Hafidhotul Zunairoh lahir di Batang Hari pada tanggal 10 April 1990. Saat ini, dia berdomisili di Kabupaten Tanjung Jabung Barat, Jambi. Ia merupakan seorang abdi negara yang memiliki hobi membaca dan menonton, sesekali juga menulis cerpen dan puisi.

Ibu dua anak ini memiliki motto "niatkan segala sesuatu karena Allah sebab niat yang baik akan membuahkan hasil yang baik". Baginya merangkai aksara menjadi untaian kata yang bermakna dan merupakan perwujudan rasa syukur pada Sang Pencipta. Email: zunairohhafidhotul@gmail.com.

Hidup Bahagia

WISNAWATI

Terjajah ratusan tahun
Penjajah yang turun temurun
Membuat mereka ingin bertarung
Dari awal hingga penghujung

Kata merdeka ingin selalu bernaung
Namun raga masih terkukung
Para pemuda berhimpun
Menyatukan tekad saling mendukung

Pergerakan harus segera didukung
Dengan semangat yang tak pernah mendung
Bergerak melawan ketertindasan penikung
Hidup bahagia tanpa awan mendung

Berjuang Tiada Henti

Wisnawati

Kita ada karena perjuangan
Perjuangan luhur para leluhur
Bukan hadiah yang ditunggu
Tetapi hidup mati penentu

Sorak sorai penuh kemenangan
Merdeka yang dijuangkan
Penuh darah membanjiri tanah
Jalan juang yang tak lelah

Merdeka bumi pertiwi
Sang Khalik yang Maha Penguji
Ujian untuk bangsa ini
Yang gigih menitik perih

Merdeka ... kata sakti yang membara
Bergemuruh di dada para pejuang bangsa

Wisnawati adalah seorang ibu rumah tangga yang memiliki dua orang putri cantik salihah. Saat ini ia berkecimpung di dunia pendidikan dan syiar produk halal Indonesia. "Ingin selalu bergerak dan bisa" adalah menjadi motto hidupnya.

Merdeka

Iswanto Ahmad

Gegap gempita suara lantang menyeru
Semangat berkobar mengharu biru
Kepalkan tangan tak ingin dibelenggu
Oleh penjajah tak tahu malu

Gegap gempita suara lantang menyeru
Berlari meninggalkan masa lalu
Tak lagi takut apalagi galau
Merdeka dari kungkungan rasa pilu

Gegap gempita suara lantang menyeru
Meninggalkan jejak yang masih semu
Anak bangsa berjuang tak perlu malu
Merdeka tak ada rasa pilu

Gegap gempita suara lantang menyeru
Berkobar semangat tak akan surut
Merdeka dari rasa takut
Untukmu Pertiwi Indonesia bangsaku

Palu, 31 Agustus 2023

Indonesia Merdeka

Iswanto Ahmad

Suara gemuruh menyebut Indonesia
Dari ujung Aceh hingga Papua
Semangat anak bangsa
Merayakan merdeka dengan bahagia

Suara gemuruh menyebut Indonesia
Tanah tumpah darah bangsa
Mengisi merdeka dengan asa
Untuk pertiwi tanah pusaka

Suara gemuruh menyebut Indonesia
Bangsa besar tak akan luka
Oleh mereka para durjana
Karena anak bangsa selalu ada

Suara gemuruh menyebut Indonesia
Intan permata khatulistiwa
Semangat merdeka bukan sekadar kata
Pemuda-pemudi harapan bangsa

Palu, 31 Agustus 2023

Iswanto Ahmad, Lahir di Majene, salah satu Kota Pendidikan di Sulawesi Barat, 12 November 1986. Ia merupakan alumni S1 Pendidikan Bahasa Arab di Universitas Islam Negeri Makassar Sulawesi Selatan.

Menulis baginya merupakan cara memerdekakan diri lewat aksara. Dengan menulis ia bisa melihat dinamika dalam bingkai estetika. Ia juga aktif dalam pegiat literasi di media sosial, khususnya Facebook. Tulisannya lebih banyak tentang sastra puisi dan artikel sosial.

Motto hidupnya, "tebar pesan baik", karena ia bisa menjadi kebaikan yang melahirkan banyak kebaikan lainnya. Saat ini penulis berdomisili di Palu Sulawesi Tengah. Pembaca bisa lebih dekat dengan penulis lewat akun media sosial Facebook, Instagram "Denting Rintik & Rintik Bening".

Cerita Merdeka

Arini Kookatsuna

Lapangan itu menjadi sejarah
Manusia hadir tumpah ruah
Menyaksikan sang saka ditarik penuh rasa

Lapangan itu pun menjadi saksi
Sibuknya peserta memegang alat komunikasi
Tak lain dan tak bukan hanya untuk selfi

Lapangan itu pun mencatat cerita
Berkumandangnya Indonesia Raya
Bersamaan dengan gelak tawa
Dari mereka yang duduk di belakang meja

Ini cerita merdeka
Ya ... ini hanya cerita
Tapi membuatku meneteskan air mata
Ini Hari Merdeka
Mereka tertawa di saat harusnya berdoa
Sekali lagi, ini hanya cerita merdeka

Meja Kerja KP037069, 31 Agustus 2023 18:01 WIB

Katanya Merdeka

Arini Kookatsuna

Katanya, kita merdeka
Kata dia, kita merdeka
Kata mereka, kita merdeka
Kataku, kita merdeka?

Mengapa ada bendera asing di negeriku?
Mengapa ada makanan asing di negeriku?
Mengapa ada budaya asing di negeriku?
Ada apa di negeriku?

Aku lupa ada akulturasi
Aku lupa ada asimilasi
Aku lupa saudara/saudari

Aku hanya ingat kata orasi
Orasi yang bergaya gengsi
Menjatuhkan nilai diri

Aku lupa janji pada negeri
Aku lupa bakti pada negeri
Aku lupa mengabdi pada negeri
Aku hanya taunya minta dimengerti oleh negeri

Meja Kerja KP037069, 31 Agustus 2023 17:30 WIB

Arini Kookatsuna adalah nama pena dari Aan Sri Watini yang saat ini berdomisili di Sekayu Kabupaten Musi Banyuasin. Perempuan 38 tahun ini selain bekerja sebagai Pendamping Sosial di Kementerian Sosial juga menjadi Dewan Penasehat untuk Komunitas Serasan Sekate Peduli Musi Banyuasin atau SSP Muba.

Penyuka warna hijau dan hitam yang juga pernah mengenyam pendidikan dan mendapatkan gelar sarjana pendidikannya di Universitas Sriwijaya Jurusan Bahasa dan Seni ini sudah menjadi istri dari Boyke Lesmana dan juga ibu dari enam anaknya.

Untuk lebih mengenalnya dapat kunjungi akun tiktoknya: @profesor_cinta1 atau @ansriwatini_arinikookatsuna.

Ke Mana Merdeka Itu?

Al Hafiz Bhonapartedy Cruizh Lesmana

Merdeka itu bukan hadiah
Merdeka adalah perjuangan
Merdeka bukan titipan
Merdeka adalah keinginan
Mari renungkan kawan

Merdeka ... ya, kita sekarang merdeka
Tapi mengapa seakan terjajah?
Ke mana merdeka itu?
Hilang ke manakah rasa merdeka itu?

Hilang ditelan kemajuan zaman
Hilang bersama tergerusnya nilai patriot
Hilang dimakan kekejaman pikiran

Sekayu, 20 Agustus 2023

Ibu Bawa Aku

Al Hafiz Bhonapartedy Cruizh Lesmana

Ibu bawa aku
Teriakku pada sawah yang gersang
Ibu bawa aku
Jeritku sore itu di jalanan berdebu

Ibu aku rakyatmu
Beri aku uang
Beri aku pekerjaan
Beri aku kehormatan

Ibu aku si kecil di ujung desa
Berdoa di bulan merdeka
Semoga Indonesia semakin jaya
Anak-anakmu berilmu, berakhlak, dan berbudaya
Menjadikan negerimu adil, makmur, dan kaya raya

Sekayu, 17 Agustus 2023

Al Hafiz B. Cruizh Lesmana saat ini sedang mengenyam pendidikan di kelas 6 (enam) SDN 3 Induk Zona Sekayu. Selain suka membuat puisi, pantun, dan cerita, ia juga suka mengikuti kegiatan "bertutur" di berbagai event.

Anak pertama dari empat bersaudara di keluarga Lesmana ini sangat menyukai warna hijau. Untuk lebih mengenalnya dapat langsung kunjungi akun tiktoknya @alhafiz_b.c.lesmana

Terima Kasih Pahlawan Bangsa

NOVA VERA SUSANTI

Terima kasih pahlawan bangsa
Sekarang semuanya telah merdeka
Dulu kami sangat tersiksa.
Kini tinggal lah sejarah yang berguna

Terima kasih para pahlawan bangsa
Dengan pembelaanmu kami merdeka
Engkau rela pertaruhkan nyawa
Demi rakyatmu tercinta

Jasa-jasamu akan terkenang selamanya
Sampai akhir dunia tiba
Terima kasih pahlawan bangsa
Semoga kalian tenang di surga

Bengkulu, 31 Agustus 2023

Merdeka Selamanya

Nova Vera Susanti

Indonesia harus merdeka
Untuk selamanya-lamanya
Cukup sudah berapa tahun lamanya
Indonesia terus dijajah

Bangga rasanya
Bendera merah putih terus berkibar
Buatlah Indonesia bangga
Tak hentinya mengucap syukur

Tuhanku, lindungilah terus negeriku
Tuhanku, jagalah terus negeriku
Agar Indonesia tetap berjaya selamanya
Sampai akhir masa

Bengkulu, 31 Agustus 2023

Namanya **Nova Vera Susanti**. Ia lahir di Curup, Bengkulu 12 Oktober 1999. Dia adalah seorang penulis lirik lagu, cerpen, puisi, quotes, novel, skenario film, dan sebagainya. Ia sering di-*bully* dan dihina. Namun, walaupun sempat *down*, alhamdulillah Allah Swt. memberikan ia teman yang baik-baik.

Ia ingin membahagiakan orang tuanya. Sekarang ia belajar ikhlas akan semuanya. Cita-cita tertinggi ia adalah ingin menjadi seorang penulis, menjadi produser, dan sutradara film bahkan produser lagu. Semoga semuanya akan menjadi kenyataan. Aamiin.

Ia pernah mendapatkan bonus buku dari Redaksi Penerbit Lollybooks. Jika ingin kenal lebih dekat, silakan ke akun media sosialnya Instagram: @NovaVeraSusanti3, Facebook: Nova Vera Susanti.

Nestapa Kegagalan

Volvariella

Aku duduk terdiam dan terlelap
Termangu di antara ketidakpastian
Masih menatap penuh harap
Kepada sang pemberi harapan

Aku menelusuri tiap-tiap bait darinya
Maknanya kosong, tak berarti
Sunyi, terbungkam dalam diam
Namun, aku tetap setia menanti

Sayup-sayup ingatan pulih
Mengingat kejadian lampau
yang membuka tiap bilik hati
Ada prasangka yang sulit diungkapkan

Bawah Atap, 17 Agustus 2023

Asa Seorang Pejuang

VOLVARIELLA

Harapan ini kian kelabu, sirna dalam sekejap waktu
Hendak mengejar asa, tetapi terhalang luka yang telah lalu
Dari sisa ingatan yang melekat, tak ingin lepas dan berlalu
yang seolah-olah tak tergantikan dari tiap-tiap waktu

Kegagalan kian mengikis asa, hampir tak tersisa
Membelit keraguan yang menyempitkan akal sehat
Ada batin yang tersiksa, memekik sakit karena setitik dusta
Namun, sepatah kata menguatkan 'tuk tetap menahan rasa sakit

Meringis sedih, karena sembilu dari buah bibirnya mengucapkan "Dasar payah!"
Memang terasa sulit, menahan egoisme yang begitu pedih
Walaupun dalam keadaan sekarat, aku tak ingin perjuangan ini melarat
Semua karena persatuan yang masih sekelumit

Perjuangan kali ini, terpatri di antara luka batin mendalam
Lilin yang disuguhkan di medan perang, kali ini penuh kebencian
Api itu menyala, seakan-akan siap melalap habis ketakutan
Namun, tetap saja trauma masih menyisakan duka

Walaupun kebencian itu membekap mata hati
Tetap pejuang mengelilingi waktu
Mencari sisa waktu yang masih tersisa
dan tertinggal atas harapan yang telah usai

Bawah Atap, 31 Agustus 2023

Ia adalah penulis yang kerap mengungkapkan rasa dalam tulisan, menggapai impian demi tercapainya keberhasilan. Seorang yang terus belajar, mengembangkan diri, dan memperbaiki diri. Penulis kerap kali menuangkan isi pikirannya dalam bentuk karya.

Beberapa karyanya berhasil terbit di beberapa penerbit. Di antaranya adalah komunitas menulis BeLiqa, WT Publishing, dan AE Publishing. Kini, salah satu karyanya berhasil terbit bersama Komunitas Literalova, yang dikemas dalam buku antologi.

Jika hendak mengenal dia lebih jauh lagi atau hendak menikmati karya tulisnya, Anda bisa mengunjungi dia dalam beberapa aplikasi sebagai berikut. Salam literasi!

Instagram: @volvariella100
Facebook: Ich bin Volvariella
Wattpad: @volvariella100
YouTube: Volvariella100

Sepatu

SERENA L

Hari ini ramai orang berbicara soal sepatu
Yang rela terlepas demi sang bendera pusaka
Yang rela diabaikan demi berkibarnya sang bendera pusaka
Hari ini aku ingin menjadi menjadi sepatu

Lili Indriani Suparman Wenda
Beritakan kepada Jakarta cerita kawan di Wamena
Bagaimana keadaan rakyat bumi Papua?
Setelah 78 tahun negeri ini merdeka

Jogjakarta, 17 Agustus 2023

Kemerdekaan

SERENA L

Kau percaya kebebasan negeri ini adalah mujizat
Yang disampaikan malaikat kepada umat
Di atas wajah demi wajah kesombongan
Bergelar di atas wajah kemunafikan

Ingat, perjuangan adalah keseharian
Mengungkit lara nestapa rakyat pinggiran
Berteriak lapar, berlarian turun ke jalan
Apakah itu semua hanya sebatas buai impian?

Kau tak pernah tahu
Bangsamu telah habis tertipu
Dengan muslihat penjajah yang serupa guru
Mengecoh wajah-wajah yang tanpa malu

Jogjakarta, 30 Agustus 2023

Serena L adalah nama pena seorang penulis dari Kota Pelajar, Jogjakarta. Hobinya membaca dan menulis dan sudah ia gemari semenjak kecil.

Menulis adalah caranya membagikan pikiran, ide, dan cerita kepada dunia. Dengan pena sebagai senjata, ia memiliki kekuatan untuk menginspirasi, menghibur, dan mengubah pandangan orang lain. Jangan pernah meremehkan kekuatan kata-kata. Mulailah menulis hari ini, dan siapkan dunia untuk mendengar suaramu yang unik!

Merayakan Merdeka

HARYADI

Indonesia ...
Di sinilah aku dilahirkan
Lahir saat negara lepas dari penjajah dan menyatakaan kemerdekaan
Lahir saat para pejuang telah gugur di medan peperangan
Lahir saat hanya mendengar dan membaca kisah kepedihan

Indonesia ...
Terbentang luas dari Sabang sampai Merauke
Kaya raya negaramu dengan khasanah ribuan adat dan suku
Dan kini 78 tahun sudah lepas dari penjajah

Indonesia ...
Kini rakyatmu merayakan kemerdekaan dengan caranya
Tokoh budaya memperingati dengan berbagai seni dan keragaman adat
Pelaku pendidikan menyambut dengan berbagai edukasi dalam permainan
Tokoh politik menebar gambar dan janji kerja agar disaksikan publik
Tokoh agama bersuluh pesan moral dengan menebar kalam

Wahari saudaraku di seluruh penjuru bumi pertiwi
Sebagai insan yang beriman dari berbagai aspek latar belakang perbedaan

Dalam perayaan kemerdekaan jangan lena dalam kehuraan
dan kefoyaan
Kita pun harus berkeyakinan bahwa kemerdekaan tak luput
dari tangan Tuhan
Maka untuk merawat keamanan, kenyamanan,
ketenteraman dan kesentosaan
Jiwa kita semua harus mendekatkan diri kepada Tuhan
yang Maha Kuasa

Boyolali, Pertengahan Agustus 2023

Merawat Merdeka

Haryadi

Haru biru hati ini
Membiru selaksa langit yang cerah memberikan
kedamainan
Memandang, mendengar dan menyaksikan
Rakyat Indonesiaku di seluruh penjuru tanah air

Saat ini ...
Mereka hiruk pikuk, berbondong-bondong penuh keceriaan
Semua penuh semangat kegembiraan
Memperingati Hari Ulang Tahun Kemerdekaan

Saudaraku di seluruh bumi pertiwi
Mari, kita bersama
Pertahankan kemerdekaan sampai benar-benar merdeka
Sebagaimana cita-cita leluhur bangsa
Kencangkan ikat erat tali persatuan dengan kebersamaan
Pegang teguh jati diri bangsa di mana pun kita berada

Jangan lena dengan penjajahan ekonomi, sosial, pendidikan
budaya
Jangan lena pula dengan penjajahan yang terbungkus rapi
dengan berbagai media
Sebab kita anak bangsa Indosesia
Harus berpegang teguh pada nilai-nilai UUD 1945 dan
Pancasila

Ingat saudaraku,
Bahwa kemerdekaan bangsa ini
Bukanlah hadiah dari para penjajah di bumi pertiwi
Namun perjuangan para pahlawan pribumi
Yang benar gigih melawan ketertindasan tiada henti

Boyolali, Akhir Agustus 2023

Haryadi, S. Sos.I., S. Pd., lahir di Boyolali, 23 Juli 1981. Beralamat di Kembangsawit RT 06/01 Tempursari Sambi, Boyolali. Mengawali belajar bersama sebagai seorang pendidik di SMP Muhammadiyah 04 Sambi, MI Muhammadiyah Full Day School Tanjungsari, SD Muhammadiyah Program Khusus Kotabarat Solo, sebagai Kepala Sekolah di SD Muhammadiyah Program Khusus Boyolali, Kepala Sekolah SD Muhammadiyah Program Khusus Sambi.

Saat ini Penulis berprofesi sebagai Penyuluh Agama Islam Fungsional di Kementerian Agama Kabupaten Boyolali dan ditugaskan di KUA Kecamatan Sambi. Buku solo penulis berjudul "Dendang Surga, Sehimpun Pantun Nasehat", "Kepak Sayap Pendidikan Karakter". Buku antologinya berjudul: "Berguru pada Murid", "101 Cara Mengembangkan AUM: Sebuah Refleksi dan Solusi", dan "Ceritaku tentang Kehidupan (Antologi Puisi Penulis Se-Indonesia)". Ia menyetatuskan diri sebagai Santri Literasi di media virtual. Medsos penulis yang sering digunakan yaitu Facebook dengan nama akun *haryadi haryadi*, sedangkan WA di nomor 085801077261.

Jasamu Akan Selalu Dikenang

Niken Habsari

Malam-malam kelam dipenuhi tekad membara
Pejuang bersembunyi, dalam bayang malam
Dengan senapan di tangan dan mimpi di mata
Mereka taklukkan rasa takut, menuju harapan penuh gemilang

Pertumpahan darah adalah tinta dalam buku sejarah
Mewarnai jiwa pahlawan yang menyala-nyala
Mengukir kemerdekaan Indonesia jaya
Hingga tetes darah terakhir

Kemerdekaan sudah di genggaman
Para pejuang telah berjuang mempertahankan kemerdekaan
Merah putih berkibar di seantero negeri
Pekik kemerdekaan membahan di penjuru nusantara

Kini, kita bersyukur, kita bersatu dalam cinta
Indonesia merdeka, berkat para jasa para pahlawan
Hingga akhir hayat tidak akan pernah lupa
Atas semua jasa-jasamu pada negeri tercinta, Indonesia

Jakarta, 1 September 2023

Untukmu Negeriku

Niken Habsari

Di tanah nusantara yang indah
Kemerdekaan bercahaya bagaikan fajar
Para pahlawan berjuang tanpa henti
Mengusir penjajahan, mengukir sejarah yang abadi

Merah putih berkibar di angkasa
Lambang kebebasan, harapan terasa
Bersatu dalam perbedaan suku dan budaya
Indonesia merdeka, tumbuh dengan megah

Dalam setiap langkah, kita mengenang
Jasa-jasa mereka yang rela berkorban
Bersama-sama membangun bangsa yang maju
Bertumpu pada nilai-nilai luhur dan adiluhung

Kini kita merayakan kemerdekaan
Dengan semangat baru, tulus dan penuh semangat
Meneruskan perjuangan, memajukan negeri tercinta
Indonesia, tanah airku, merdeka selamanya

Jakarta, 1 September 2023

Niken Habsari lahir di Kota Malang pada tanggal 10 April. Menekuni dunia literasi sejak tahun 2019. Saat ini ia sudah mempunyai beberapa buku antologi puisi, 3 buku antologi cerpen, dan satu buku solo. Penulis berharap masih terus berkarya hingga tangan ini lelah.

Ingin tahu lebih jauh tentang penulis, bisa mengunjungi akun sosmed penulis di:

FB: Niken Habsari
YT: Niken Habsari
IG: nike_s21
SnackVideo: Fortuna
Tiktok: Rengganis
Hal: Puisiku

www.ingramcontent.com/pod-product-compliance
Lightning Source LLC
LaVergne TN
LVHW060145051026
849517LV00007B/2565

* 9 7 9 8 2 2 4 9 1 8 1 0 2 *